윤서영

머리만 닿아도 잠이 들던 20代를 보내고
불면증에 시달리면서도 하고 싶은게 많은
40代를 보내는 중이다.
㈜프리버드뮤직 부산점 대표이자
쇼핑몰 웹디자인, 그래픽디자이너 및
캘리그라피 작가활동을 겸하고 있다.
독도를 주제로한 캘리그라피 전시를
울릉도에서 최초로 기획하였으며,
다수의 전시를 통해
꾸준히 작품으로 소통하고 있다.

그리고 언제나 꿀잠을 꿈꾼다.

인스타그램 @yoontteul_calli
이메일 yoontteul@naver.com

Zzz...
제기랄
잠 좀 자자...
Plz, let me sleep...

CONTENTS

난 왜 잠을 못 잘까?

늦은 오후에 마신 커피 때문일 수도 있고,

걱정이 많아서일 수도 있고,

반대로 내일의 기대감에 너무 설레어서,

아무 이유 없이 그냥 잠이 안 오는 밤일 수도 있다.

잠은 인생의 3분의 1을 차지한다.

이 귀한 시간을 어떻게 보내느냐는

결국 어떻게 살 것인가와 맞닿아 있다.

잘 자는 건 잘 살기 위한 가장 기본적인 조건이다.

우리는 모두 잠이 중요하다는 걸 안다.

규칙적인 생활, 운동, 식사. 정답도 알고 있다.

그런데 요즘 세상에 이렇게 정석대로 사는 사람이

과연 얼마나 될까.

잠 때문에 고민해 본 적 없는 사람이 과연 몇이나 될까.

충분한 수면은 심신을 안정시키고, 두뇌 회전을 돕고,

면역력을 높여 질병을 예방해 준다.

잠으로 재충전해야 한다는 사실을 알고 있지만

문제는 알고도 잘 못 잔다는 것이다.

나는 주부이자 회사원, 프리랜서, 작가로 활동하고

있으며 틈틈이 여행과 사진을 취미로 즐긴다.

한마디로 수면 패턴이 망가지기 딱 좋은 삶이다.
불규칙한 삶 속에서 잠과 타협하다 보면
해외 시차 적응은 잘하지만, 그 외엔 특별히 남는 게 없다.
나는 잘 자는 사람이 아니라,
어떻게든 자야 하는 사람이 되어 있었다.
하지만 모든 일이 그렇듯,
잠도 억지로 자려고 하면 더 도망간다.
20대의 나는 머리가 베개에 닿기만 해도 잠들었다.
"제일 잘하는 게 뭐야?"라는 질문에
"잠자는 거요."라고 말할 정도였다.
그런데 40대 중반이 된 지금은 자주 잠이 깬다.
돌이켜보면 단순히 나이 때문만은 아니라 삶의 급격한
변화들이 수면 습관과 맞물려 있었다.

스물일곱에 칠삭둥이 딸을 조산했고,
출산 후유증이 채 가시기도 전에 갑상선암 수술을 받았다.
보통이라면 회복과 육아에 전념했을 시기였지만 남편의
회사 일을 함께하며 좀비처럼 하루하루를 보냈다.
평생 먹어야 하는 갑상선 호르몬제를 제때 챙기지 못하면
늘 피곤하고 감정 조절도 쉽지 않다.
주치의는 피곤함에 몸을 적응시켜야 한다는데,
그 말이 처음엔 이해되지 않았다.

사회생활을 하는 사람 중에 안 피곤한 사람이 어디 있겠는가.

돌이켜보면 20대 후반부터 우울증과 무기력 속에

늘 지쳐 있었다.

'이건 수술 후유증이고 진짜 피곤함이 아니야'라고

스스로를 설득하며 버텼다.

그렇게 7년을 보내다 보니

어느새 피곤함을 느끼는 감각이 무뎌졌다.

그러다 조금씩 체력이 돌아오고

마음이 좀 안정되자 삶에 오기가 생겼다.

한 살이라도 젊을 때 뭐든 더 해보고 싶어졌다.

이제는 일이 힘들면 줄여도 되고,

그만둬도 된다는 걸 알면서도 이미 해온 것들을

내려놓는 일은 생각보다 쉽지 않다.

사람들은 내게 말한다.

"에너지가 넘친다." "밤샘도 잘하네."

하지만 그건 체력이 아니라 익숙해진 피로라는 걸

나는 안다. 피곤함을 느끼지 못하는 사이 내 몸은

조용히 한계를 넘고 있었다는 걸.

그렇게 나의 수면 문제의 중심에는 만성 피로가 있다.

그건 내 자신이 제일 잘 알고 있기에 스스로

극복할 수 있다고 믿고 있다.

이 이야기를 쓰는 이유는 특별해서가 아니다.

아마 많은 사람들이 비슷한 방식으로
버티고 있을 거라 생각해서다.
피곤한데 쉬지 못하고, 쉬고 싶은데 이유를 찾고,
잠마저 미루며 하루를 살아가는 사람들.
그런 사람들에게 "당신만 그런 게 아니다"라고
조심스럽게 위로를 건네고 싶어서 시작했다.
특히 나처럼 엄마이자, 일하는 사람이고,
늘 누군가의 역할을 먼저 생각하다가
잠을 제일 마지막으로 미루는 사람들에게.

이 책은 완벽한 수면법을 말하지 않는다.
대신 잠을 방해하는 사소한 습관들,
잠 앞에서 괜히 흔들리는 마음,
그리고 결국은 또 잠을 선택하며 살아가는
아주 현실적인 이야기들을 담았다.
서로의 현실을 웃으면서 공유하면 그날 밤엔
마음이 조금 가벼워질 테니까.
혹은 차라리 이 책이 너무 지루해서 읽다가
스르륵 잠드셨으면 좋겠다.

잠과의 전쟁에서 매일 이길 순 없지만,
오늘 밤만큼은 조금 덜 지는 쪽으로.

당신의 수면시간은 귀하다

잠 없는
인생 실화

자고 싶을 때는 안 오고
자면 안 될 때는
미친 듯이 쏟아지는 졸음
잠과의 관계는 늘 밀당
나는 잠을 좋아하는데,
타이밍 감각이 없다.
늘 고단한 워킹맘의 이야기

하루가 끝나고 누우면
세상은 조용해진다.
그런데 이때부터 내 머릿속은
슬슬 출근 준비를 한다.
주변이 고요해질수록
생각들은 오히려 더 또렷해진다.

마치 퇴근 도장 찍고 나왔는데
다시 회의실로 불려 간 기분이다.
사회자는 뇌, 참석자는 오늘의 나,
그리고 정리 안 된 잡생각들.
누가 시킨 것도 아닌데
회의는 자연스럽게 시작된다.

오늘 계획은 다 끝낸 게 맞는지,
마감은 언제까지였는지,
혹시 빠뜨린 건 없는지.
아까 떠올린 아이디어는
지금 생각해 봐도 괜찮은지,
내일 일정은 정말 준비된 건지.

 ● 제기랄 잠 좀 자자…

그리고
"내일 뭐 해 먹지?"
잠깐 고민한다.

이럴 거면 그냥
다시 일어나서 정리하고 잘까?
하지만 그건 또 아니다.
몸은 분명 이불 밖으로 나갈 생각이 없다.

결론은 내일로 미뤄지고,
회의는 길어지고,
나는 눈을 감은 채 참석만 하고 있다.
분명 불은 껐는데
회의는 끝나지 않는다.

이렇게 내 머릿속은 매일
미완의 안건만 쌓이는 회의를 한다.

잠은 오지 않는데
반성은 잘 온다.
하루를 마감하려고 누우면
굳이 안 떠올려도 될 장면들이
차례차례 재생된다.

잘못 보낸 메시지,
어색했던 대화,
괜히 덧붙였던 한마디.
아까는 이렇게 말할걸.
그 말은 굳이 하지 말 걸.
모임에서 3차는 왜 갔을까.
노래방에서
그 선곡은 정말 아니었는데.
오늘은 왜
쓸데없는 오지랖을 부렸을까.
단톡방에 메시지를 잘못 보내고
황급히 지웠지만,
이미 누군가는 읽어버린
그 불길한 기분까지.

오늘의 부끄러움
다시 보기를 하다 보면
언제 찍었는지도 모를
오래전 흑역사까지
보너스로 딸려 온다.

기억은 왜 꼭 이럴 때만
저장 용량이 넉넉한지 모르겠다.

"잠아, 잊고 싶은 기억은
굳이 리플레이 안 해도 돼."

그렇게 이불킥을 몇 번 하고,
베개에 펀치를 날리다 보면
뭔가 찝찝하다.

내가 이불을 언제 세탁했더라.
베개를 끌어안고
괜히 킁킁거려 본다.
내일은 이불이랑 베개를
꼭 빨아야지.

왜 잠이 안 오지?

아, 나 배고픈 것 같아.

저녁 먹은 지 다섯 시간이 지났다.

살짝 출출할 시간이 맞다.

'배고픈 것 같긴 한데 야식은 안 돼.'

이렇게 스스로를 설득하며 다시 누워본다.

하지만 잠자리에서

배가 고프다는 생각을 한 순산,

건강한 수면과는 작별이다.

어느새 마음속 결론은 정해진다.

'그래, 나는 배가 고프면

잠을 못 자는 사람이야.'

이 믿음을 근거로 컵라면에 손이 간다.

아니면 이렇게 생각한다.

'뭐 해 먹긴 귀찮고, 배달을 시킬까?

혼자 먹기엔 좀 아깝고…'

그때, 다이어트 중인 남편이 슬쩍 끼어든다.

"간단한 안주해서 술 한잔할까?"

내 입에서 자동으로 나온다.
"콜."

조용히 있었으면
안 먹고 잤을 텐데.
역시 남의 편이다.
그렇게 포만감을 안고
비교적 빠르게 잠에 든다.

그리고 꿈을 꾼다.
풀밭에 누워 아무 생각 없이
되새김질하는 꿈.
소가 된 기분이다.

그 사이 역류성 식도염이
조용히, 아주 성실하게
내 몸을 점령하고 있다는 사실은
못 느끼는 채로.

딱히 할 일이 남아 있는 것도 아닌데
괜히 안 자게 되는 밤이 있다.
분명 몸은 피곤한데
이상하게 수면시간이 아깝다.
젊음이 줄어드는 것 같아서
쓸데없이 기를 쓰고 안 잔다.

그렇다.
나는 밤만 되면 또랑또랑해지는
올빼미족이다.
20년 전 IT회사 개발실에서
야근은 기본 옵션이었고,
자연스럽게 야행성 인간이 됐다.

집중은 왜 항상 밤에 더 잘 될까.
조용한 밤에
온전히 집중할 수 있는 시간이
너무 소중하게 느껴진다.
아직 졸리지도 않은데
굳이 자야 하나 싶다.

"나는 8시간 자면 되니까…
내일 8시에 일어나려면 12시에 자도 되잖아?"
이렇게 말하면서 괜히 수면시간을
계산하기 시작한다.
잠은 안 자면서 수면 계획만 아주 철저하다.

딱 한 시간만 드라마 보고 잘까?
아니다.
밀린 게 세 편인데 한 시간은 너무 애매하다.
그럼, 오늘은 좀 일찍 잘까?
그 생각을 하면서 이미 새벽 쪽으로
시간은 흘러가고 있다.
이건 잠과의 싸움이 아니라
나 자신과의 협상이다.

조금 더 버틸지,
지금 포기할지.
매번 내가 나를 설득하다가
셜본 없이 어느새 잠든다.
이긴 건지, 진 건지 잘 모르겠지만

우리 가족은 넷이다.

남편, 딸, 그리고 고양이.

각자도생을 원칙으로 한다.

침략자 1. 남편

귀가 시간이 길게는 새벽 3시까지 랜덤.

오늘따라 마음을 다잡고

겨우 잠자리에 들었는데

술에 취한 침략자가 시끄럽게 등장한다.

"아빠 왔다~ 어서 나를 반겨라~"

조용히 들어와서 자든가,

아니면 집에 들어오지 말라고

여러 번 경고해 본다.

하지만 이 말은 귓등으로도 안 듣는 것 같다.

그리고 뭔가를 또 먹고 있다.

침략자 2. 딸

아침에 학교 가야 할 아이가

새벽 두 시가 되도록 컴퓨터 앞을 지키고 있다.

그러다 갑자기 전자레인지가 돌아간다.

뿌셔뿌셔를 뿌시는 중이다.
제발 좀 잤으면 좋겠는데…
저렇게 안 자니 키는 다 컸네.
눈 감은 채로 외면해보려 하지만
아, 너무 신경이 쓰인다.

두 명의 침략자를
겨우 물리치고 나서
이제 좀 잠들었나 싶을 때,
새벽 다섯 시쯤
침략자 3이 등장한다.
그르렁대며 놀아달라고 손가락을 문다.
누가 고양이 아니랄까 봐
나보다 더 지독한 야행성이다.

그제야 깨닫는다.
이건 불면이 아니라
야간 경비 근무라는 걸.

제기랄, 잠 좀 자자.

나도 내일 일찍 스케줄이 있다고.

충분한 잠은 마음의 평화를 만든다

- 마하트마 간디 -

오늘은 좀 일찍 자볼까?
밤 열 시쯤 누우면 드는 생각이다.
뭔가 허전해서 핸드폰을 집어 든다.
위험한 순간이 시작된다.

분명 알람만 맞추려고 했을 뿐인데,
짧은 영상 딱 하나만 보고 자려 했는데.
쇼츠 알고리즘 지옥에 빠져버리고 만다.
더 무서운 건 댓글 구경이다.
본 게시물보다 댓글이 더 재밌다는 사실을
이 시간에 알게 된다.
그러다 잠이 스르륵 오면 툭! 하고 얼굴에 폰을 떨군다.
핸드폰은 생각보다 무겁다.
얼굴에 맞으면 너무 아프다.

아침에 알람이 울리지 않는다.
아차. 충선기를 안 꽂아놨네.

침대는 잠을 자는 곳이 아니라
결심이 무너지는 곳이라는 걸 또 한 번 실감한다.

아침 8시. 다들 출근, 등교하는
이 시간의 평화가 너무 좋아서
'아, 빨리 좀 나가라' 싶다.

문제는 내가 밤샘 작업을 해도
'주부 모드'가 자동 부팅된다는 것.
4시간밖에 못 잤어도
괜히 의무감에 집안일을 시작한다.

오전에 집안일 좀 하고
점심 먹고 "잠깐만" 누우면 오후 일정은 증발.
혹은 수시로 걸려 오는 업무전화로
낮잠은 강제 포기.

너무 피곤해서 오전에 한숨 더 자면
오후엔 일은 잘 되는데
집은 폭탄 맞는다.
그래도 다음날 출근이 빠른 날엔
집안일을 미루고 버틴다.
그러면 그날 밤에는

나의 인내심이 레벨업된다.

딸이 잠자기 직전에 묻는다.
"빨래했어요? 교복 넣어놨는데"

남편은 늦게 와서는
"오늘 집에 있었다며, 설거지가 그대로네?"
설거지는 저온 숙성되어 가고 있었다.

결국 밤 12시에 세탁·설거지·건조·청소기
최소한으로 하고 나면 새벽 2시.
이쯤 되면 억울해서 잠은 안 오고
예민함이 올라가서 배가 고프다.
그러면서도 "내일 뭐해 먹지?" 고민하고 있다.

잠 대신 허기.
휴식 대신 분노.
리셋이 아니라 멘탈 오류.

정리하자면 나의 하루는
일하고 → 자고 싶고 → 못 자고 → 더 일하고
→ 더 피곤해지고 → 배고프다.

집을 떠나면
잠을 못 잔다고 말한다.

여행지에서 잠이 안 오는 건
사실 정상이다.
자러 온 게 아니라
사진 찍고, 맛집 가고,
돌아다니러 왔으니까.

호텔의 하얀 시트는
괜히 너무 깨끗해서 부담스럽다.
잠은 원래 엉망진창 자세로 자야 오는데,
괜히 예쁘게 누워서 자야 할 것 같다.

같이 간 일행들에게
늦잠으로 민폐를 끼칠까 봐
자는 둥 마는 둥 눈만 붙인다.
그래서 1박 여행은 대체로 밤샘 확정.

찜질방에서는 잠이 잘 온다는데,

 ● 제기랄 잠 좀 자자…

그건 이미 졸린 사람들이 하는 말이다.
나에게 찜질방은
인간 관찰 다큐 촬영장일 뿐.
먹고 구경할 게 너무 많아서
잠을 거부한다.

남의 집은
화장실 가는 것도 눈치 보이고,
코 골까 봐 신경 쓰이고,
그저 잠시 머무는 공간일 뿐이다.

그런데 이건 다 핑계다.
사실은 덜 피곤한 거다.
결국 집에 오는 길에
기절하듯 잠들 거면서.

어디서든 잘 자는 사람은 잘 자고,
어디서든 못 자는 사람은 못 잔다.

장소는 그럴듯한 핑계일 뿐이다.

우리 집 식구들은

내가 자는지, 그냥 누워 있는지,

구분할 마음이 전혀 없는 것 같다.

분명히 난 눈을 감고 잠들었는데 계속 말을 건다.

딸 : "엄마, 가정통신문 서명해 주세요."

  "엄마, 내일 도시락 12시에요."

  "엄마, ㄱ 옷 어딨어요?"

남편 : (베개 옆에 차 키 툭 놓으면서)

  "내일 등교는 당신이 데려다줘."

  "이번 주말은 친구들이랑 놀러 가기로 했어."

  "카레 남은 거 어디 있어?"

고양이 : (내 배 위에서 점프) "냐앙~"

나는 잠결에 어디까지가 현실이고

어디까지가 꿈인지 모르는 상태로 다 대답한다.

"응… 거기… 서랍에… 도시락… 맞아…

카레는… 냉장고…"

스스로 들어도 무슨 말인지 모르겠다.

그러고 있으면 이 한 마디가 날아온다.

"아직 안 자면… 야식 먹을래?"

아니요… 나 자고 있어…

지금 대화 중인 게 기적이야…

문제는 다음 날 아침이다.

딸은 말한다.

"엄마가 분명 '알았어' 했어요."

남편도 말한다.

"당신이 데려다주기로 했잖아."

나는 놀란다.

"내가? 언제?"

온 가족이 당황한다.

"어제 대답했잖아!"

나 혹시 자동 챗봇인가?

그리고 문득 이런 생각도 든다.

어쩌면 우리 집 식구들은 내가 깨어 있을 때보다

잠들려고 할 때를 더 좋아하는 게 아닐까.

그때가 제일 말을 잘 듣거든.

잠은
몸의 치유이자
영혼의
정화다

- 플라톤 -

이부자리를 점검
잠옷은 가볍게
콘텍트렌즈를 빼고
물도 한 컵 마실까
아, 약 먹어야지
컴퓨터를 끄고 전등도 끄고
여름엔 홑매트 겨울엔 전기매트
알람을 맞추고
휴대폰은 침대 밖으로
이불은 꼭 덮어야지

그래도 뭔가 허전한데?

오늘은 너무 더워서
오늘은 너무 추워서
오늘은 평소랑 달라서
오늘은 그냥 그런 날이라서

아무리 완벽한 잠자리를 준비해도
잠이 안 들 땐 늘 합당한 이유가 있다.

불면의 밤에 걱정이 몰려온다.
일, 건강, 돈.
순서는 그날그날 다르지만,
결론은 비슷하다.

곧 성인이 되는 딸에게
최신형 핸드폰을 사주기로 했다.
에어팟도 함께.
샵에 간 김에 내가 쓸 태블릿과
스마트워치까지 일시불로 질렀다.
"요즘 고생했잖아. 나에게 주는 선물이야.
명품백도 아니고 필요한 거 산 거야."
그렇게 완벽한 논리로 결제를 했다.

그런데 자려고 누우니 갑자기 생각이 바뀐다.
내가 오늘 미쳤었나?
굳이 한꺼번에 지를 일이었나?

갑자기 오늘의 과소비가 걱정으로 바뀐다.
아, 카드 결제일이 언제였더라.

 ── 제기랄 잠 좀 자자…

통장 잔고는 귀신보다 무섭다.
귀신은 본 적 없지만 잔고는 매달
확실하게 모습을 드러내니까.

그래서 로또도 샀다.
1등은 바라지도 않는다.
3등도 욕심이다.
5등 정도면 충분히 위로가 될 것 같다.

이쯤 되면 위로가 아니라 합의다.
그렇게 스스로를 달랜다.

괜찮아.
내일은 조금 나아질 거야.
돈은 잃어도 잠은 잃지 말자.

그리고 아침이 된다.
정신이 든 나는 태블릿과 워치를 보며
의외로 뿌듯해한다.

불안은 밤에 오고,
위로는 아침에 도착한다.

잠이 안 와서 스트레스를 받는다.
스트레스를 받아서 잠이 안 온다.
악의 순환 콤보다.

처음엔 그냥 하루쯤 설친 거다.
일이 밀리고, 식구들이 신경 쓰였다.
그런데 그런 날은 유난히
모든 게 거슬리고 버겁다.
그렇게 하루를 보내고 나면
스트레스가 한 움큼 쌓여 있다.

그리고 밤이 된다.
이번엔 스트레스 때문에 잠이 안 온다.
잠 부족이라 예민한 건지,
예민해서 잠이 도망가는 건지,
둘은 이미 하나로 합체해
서로를 키우는 중이다.
마치 브레이크 없는 자전거처럼
멈추는 법을 잃어버린다.

 → 제기랄 잠 좀 자자...

"요즘 왜 이렇게 힘들지?"
사실 이유는 하나가 아니다.
잠과 스트레스가 서로 밀어 올린 결과다.

스트레스는 의지로 줄이기 어렵고,
생각한다고 얌전해지지도 않는다
그래서 가장 현실적인 접근은
잠부터 다시 잡는 것이다.

잠이 모든 문제를 해결해 주진 않지만
적어도 문제를 다룰 힘은 준다.

"오늘 스트레스가 많았던 건
내가 약해서가 아니라 잠이 부족했을 수 있어."
이 말 하나로 나를 조금 덜 몰아붙이게 된다.

잠과 스트레스,
누가 먼저든 상관없다.
둘이 붙으면 끝없이 커진다.
그래서 나는 오늘 밤
먼저 항복하기로 한다.
잠에게.

잠들지는 못했지만
누워 있긴 했다는 사실로
스스로를 위로할 때가 있다.
완전히 잔 건 아니지만,
완전히 깨어 있었던 것도 아니니까.

'어제 내가 뭐 생각하다 잤더라?'
기억이 없다는 건 아마도 그쯤에서
의식이 잠깐 내려갔다는 뜻일 것이다.
그걸로 충분하다고 설득해 본다.
눈을 감고 있었으니 쉰 거라고 말해본다.
몸은 누워 있었고,
불은 꺼져 있었고,
세상과는 잠시 거리를 두었으니까.
알람이 울리면
'그래도 눈은 감고 있었잖아'

잠을 제대로 잔 건 아니지만 포기하지도 않았다.
나는 오늘도 눈 감은 채로
최선을 다했다.

세상에서 가장 달콤한 말은 단연

"5분만 더"

알람이 울리는 순간,

눈꺼풀은 갑자기 납처럼 무거워지고

이불은 최고급 호텔 침구세트처럼 포근해진다.

그리고 나는 아주 계산적이 된다.

"5분 더 자면… 세수 1분, 옷 갈아입기 2분…

이렇게 시간을 쥐어짜다가

결국은 숨넘어가게 뛰어나가 지각 직전 도착한다.

아침에는 '5분 더 자고 싶다'고 생각하면서

밤에는 '5분 일찍 자야지'라는 생각은 죽어도 안 한다.

5분 간격으로 알람을 설정해도

일어나고 싶지 않으면 소용없다.

눈 한번 감았다 뜨면 30분이 사라져 있다.

알람은 절규하고 나는 무시한다.

이불 속에서 시간 도둑에게 털리는 줄도 모르고.

내일 알람이 울리면 이렇게 속삭여볼까 한다.

'지금 일어나면 하루가 조금은 덜 힘들 거야.'

물론 내일의 내가 들어줄지는 의문이지만.

휴식
없는 노력은
오래가지 못한다

수면
생존 실험

아무리 머릿속이 복잡해도
아무리 후회가 쌓여도
결국 인간은 잠들 수밖에 없는 존재.
눈꺼풀이 무거워지고
생각이 점점 느려지다가
어느 순간 필름 끊기듯
잠에 빠져드는 게 인생이 묘미.
오늘 밤만큼은
조금 덜 뒤척이고,
조금 덜 후회하며
눈을 감아보는 것.

내가 잠을 부르는 루틴은 간단하다.
- 커다란 거위 인형에 다리를 올린다.
- TV를 켠다.
사실상 루틴이라기보단
수면 방해 공작에 가깝다.

유튜브 ASMR?
빗소리 좋다길래 틀었더니
광고가 갑자기 훅—
심장만 깼다.

명상을 해봤다.
"숨 들이마시고… 내쉬고…"
하고 있는데
내가 지금 숨을 제대로 쉬고 있는 게 맞나
의문이 들어서 바로 실패.

선물 받는 아로마 향초.
라벤더 향이 좋다길래 켰는데,
분위기가 너무 좋아서 괜히 마음만 설렌다.

 — 제기랄 잠 좀 자자…

“이 향… 뭔가 특별한 날 같잖아?”

자기암시를 해본다.
“나는 졸리다… 아주 졸리다…”
20번쯤 외치다 보면
정작 안 졸리다는 사실만 더 분명해진다.

가만 보면 루틴이라는 게
꼭 효율적일 필요는 없는 것 같다.
그냥 내 마음이 안정되는 것,
그게 나에게 맞는 루틴이다.

시중에 넘쳐나는 수면 유도 제품들은
정보가 너무 많아서
오히려 방해되는 느낌이다.
그래서 그냥 내 기분에 맞는 방법으로
이것저것 시도를 해본다.
그것이 하루를 마무리하는
가장 인간적인 방식이라고 믿으며…

루틴이 완벽해야 잘 자는 것이 아니라,
루틴이 있다는 사실 자체로 위로가 되는 것.

사람들이 운동을 하는 이유는 많다.

건강, 체력, 자기관리…

혹은 내일의 나에게

덜 미안해지기 위해서.

그리고 어떤 날은

그냥 잘 자고 싶어서 운동을 한다..

요즘 나는 살 때 다리에 쥐가 잘 난다.

병원에서는

"갑상선암 수술 후 칼슘 부족 때문입니다"

라며 약을 처방해 줬지만,

솔직히 말해

운동 부족이 더 크다는 걸 안다.

몸이 너무 굳어 있으면

누웠는데도 편하지 않다.

침대가 문제가 아니라

내 몸이 딱딱한 거다.

그래서 잠들기 전,

너무 귀찮지만 큰맘 먹고
가벼운 요가나 스트레칭을 조금 해본다.
헬스장?
그건 나와 마음의 거리가 멀다.
대신 유튜브 홈트는
나 같은 사람에게 아주 고마운 존재다.

단, 주의사항이 있다.
잠자기 직전에
스쿼트, 줄넘기 같은 걸 하면
잠이 아니라 각성 모드로 넘어간다.
그날 밤은 몸만 피곤하고
정신은 오히려 또렷해진다.
그래서 목표를 낮춘다.

나의 운동 목표는
복근도 아니고, 체지방도 아니다.
"핏 살아나는 몸"이 아니라
"풀리는 관절" 정도면 충분하다.

결국 잠들기 전 가벼운 운동은
편안한 밤을 위한 준비 운동.

내가 생각하는
가장 이상적인 전략은 이것이다.
에너지 고갈.
말 그대로 몸의 배터리를
바닥까지 쓰는 것.

육아할 때 깨달았다.
아이들은 에너지가 남아 있으면
절대 안 잔다.
그래서 뛰고, 놀고, 또 뛰면
그날 밤엔 기절하듯 눕는다.
근데 어른도 다르지 않다.

제대로 안 움직인 날은
몸은 피곤한 척하면서
정작 잠은 안 온다.
잔여 체력으로 자꾸 생각만 한다.

그래서 가끔은 의도적으로
에너지를 써야 한다.

집안일을 조금 하거나,
미뤄둔 일을 꺼내 보거나,
할까 말까 하던 일에
살짝 과하게 몰입도 해보고.
어차피 기절 직전까지 뭐라도 하면
바로 잠이 덮친다.

목표는 완벽한 컨디션이 아니다.
그냥 남은 에너지 싹 비우기.

"오늘은 충분히 썼다."
이 느낌이 오는 순간,
잠은 슬그머니 따라온다.

애써 자려고만 노력하기보다는
매일 꾸준히 확실하게
에너지를 바닥 내어보기로.

핸드폰을 보다가 잠드는 밤과
책을 보다가 잠드는 밤의 차이는 크다.

영상은 자극을 넣어주고
알고리즘은 계속 나를 흔든다.
눈은 피곤한데 머리는 오히려 선명해진다.
잠들기 전에 필요한 건
흥분이 아니라 감속이다.

책은 친절하지 않다.
자동 재생도 없고,
알아서 읽어주지도 않는다.
페이지는 내가 넘겨야 하고
문장은 내가 따라가야 한다.
그 사이에, 머리는 천천히 정리된다.

재밌는 책일 필요도 없다.
오히려 너무 재밌으면 안 된다.
적당히 흥미롭고 조금은 지루해야
'한 페이지만 더…' 하다가 눈이 먼저 항복한다.

핸드폰 보다가 잠든 날은
아침에 괜히 나한테 실망스러운데
책 읽다 잠든 날은
왠지 스스로 칭찬하고 싶어진다.

책은 생각을 한 줄로 모아주고
속도를 낮춰주고 하루를 조용히 닫아준다.

그래서 자기 전에 책을 펼치는 건
잠을 포기하는 게 아니라
잠으로 가는 우회로를 선택하는 것.

문장이 흐려지고,
눈이 무거워지고,
페이지가 기억나지 않는 순간—
잠은 슬그머니 들어온다.

약보다 확실하고
영상보다 조용하고
습관 되면 부작용도 없는
"책"은
생각보다 훨씬 건강한 수면제.

몸은 눕고 싶어 하는데
머리가 너무 깨어 있으면
잡생각이 폭주한다.
그런데 손 하나 까딱하기 싫은 날이 대부분이다.

머릿속이 너무 시끄럽다면
일단 메모를 한다.
적어두는 순간 머리도 같이 비워진다.
오늘 못 한 일은
내일의 내가 해결해 줄 테니까.

그리고 TV를 켠다.
소리는 작게.
화면은 바라보되, 집중은 하지 않는다.
재미있는 드라마는 금지.
줄거리를 이미 아는 예능 재방송,
그 정도가 딱 좋다.
아무 생각 없이 보다 보면 눈이 먼저 감긴다.

라디오가 더 잘 맞는 날도 있다.

눈을 감고 누군가의 목소리를 듣고 있으면
내가 뭘 걱정하고 있었는지 점점 흐려진다.

TV나 라디오 소리는
잡생각 위에 덮는 얇은 이불 같다.
내 머리가 혼자서
상상과 후회를 키우지 못하게
적당한 소음으로 붙잡아 둔다.
사람들은 묻는다.
"그럼 더 잠 안 오는 거 아니야?"
아니다.
아무 소리 없는 정적 속에서
내 생각만 듣고 있는 것보다
훨-씬 낫다.

좋은 수면 습관인지는 잘 모르겠다.
하지만 확실한 건
그 덕분에 덜 뒤척이고
덜 복잡해신다는 거다.
소리를 배경으로 깔아놓고
내 생각은 잠시 쉬게 둔다.
그러다 슬쩍 잠으로 미끄러져 들어간다.

잠이 안 오는 밤이면
결국 '도구'를 찾게 된다.
처음엔 그냥 하루의 마무리였다가,
어느새 없으면 불안해진다.
"이거 없이는 잠이 안 와."

술이 그렇다.
한 잔이면 몸이 풀리고,
두 잔이면 생각이 느려지고,
세 잔이면 걱정이 잠시 음소거 된다.
확실히 잠들기 쉽다.

문제는 그게
'잠든 것처럼 보일 뿐'이라는 점이다.
술은 나를 재우는 게 아니라
그냥 쓰러뜨린다.
의식은 꺼지지만, 몸은 쉬지 못한다.
그래서 새벽에 한 번은 꼭 깨고
아침엔 더 피곤하다.
"분명 잤는데 왜 더 피곤하지?"

하지만 또 그 방법을 쓴다.
효과가 즉각적이니까.
우린 늘 당장의 편안함에 약하다.
도구는 한두 번은 도움이 된다.
하지만 매번 필요해지면
그건 도움이 아니라 의존이 된다.

완벽하게 못 자도 괜찮다.
뒤척여도 괜찮다.
오늘 좀 못 잔다고
내일 인생이 티나게 망가지진 않는다.

무언가에 기대지 않고도
잠들 수 있다는 걸
조금씩 다시 몸에 기억시키면 된다.
오늘 밤은 의존 대신
내 피로를 믿어보자.

잠은 원래
스스로 오는 존재니까.

가보고 싶은 곳,

해보고 싶은 것,

즐거웠던 여행을

떠올리다 보면

어느새 잠이 든다.

꿈과 현실의 경계,

반쯤 잠든 상태에서

잠들기 진 생각이 자연스럽게

꿈으로 이어진다.

분명 내가 감독인데,

꿈속 배우들은 왜 이렇게 멋대로

애드리브를 하는 걸까.

꿈속에서마저 시나리오 컨트롤이 안 된다.

이쯤 되면 인생의 일관성이다.

등장인물은 많고

스토리는 괜히 탄탄해서

쓸데없이 감정 과몰입을 하다 보면

내가 잠을 잔 건지

영화를 본 건지 헷갈린다.
예산은 무제한,
촬영지도 무제한.
헐리우드가 부럽지 않다.

짐은 부족한데
꿈은 늘 풀옵션이다.

나는 꿈을 자주 꾼다.
그래서인지 가끔
데자뷔 같은 느낌도 든다.

꿈을 많이 꾸면
푹 못 잔 것 같기도 하지만,
현실에서 겪은 괴로운 감정이
꿈을 통해 감정 회복이 된다는
가설을 믿어본다.

오늘은 무슨 생각을 하다 잠들면
어떤 꿈을 꾸게 될까.
어차피 아침에 눈을 뜨면
전부 개봉 취소지만.

잠은 일종의 리셋버튼에 가깝다.

오늘의 창피했던 순간도,

억울했던 대화도,

끝내지 못한 할 일도

잠에 빠져드는 순간

다음 날 아침으로 넘어가며

조금 덜 무겁게 느껴진다.

컴퓨터도 그렇다.

오류가 나면 하나하나 원인을 찾기보다

그냥 껐다 켜는 게 가장 빠를 때가 있다.

잠도 마찬가지다.

오늘 하루가 버벅거렸다면

완벽하게 해결하지 않아도 된다.

일단 한 번 꺼졌다 켜지는 것.

물론 잠이 모든 걸 해결해 주진 않는다.

아침에 일어나면

문제가 사라지는 것도 아니다.

하지만 문제를 바라보는 각도가 달라진다.

어젯밤엔 너무 커 보이던 일이
아침엔 "이 정도였네."
이렇게 축소되어 있다.

잠은 상황을 바꾸기보다
마음의 해상도를 낮춰준다.
너무 선명했던 걱정이
살짝 흐릿해지는 것.

그래서 잠들기 전에
완벽할 필요는 없다.
생각이 조금 남아 있어도 괜찮고,
마음이 약간 무거워도 괜찮다.
잠은 그런 상태 그대로 눌러도
충분히 작동한다.

잠은 공평하게도
누구에게나 같은 리셋버튼을 준다.
"자고 나면 내일 아침엔
조금은 다른 내가 되어 있을 거야."
그건 아마 사람 마음속에 기본 탑재된
희망 본능 같은 것.

"밥은 아무 데서나 먹어도
잠은 집에서 자라"는 말이 있다.
맞는 말이다.
잠은 원래 집이 가장 편하다.

그런데… 현실은 조금 다르다.
나는 의외로 대중교통에서 잠이 잘 온다.
장거리 버스, 적당히 어둡고 조용한 지하철 구간.
심지어 급행열차일 때도 있다.
정거장을 놓칠까 봐
길찾기 앱에 목적지를 찍어두면
알아서 "다음 정류장에서 하차하세요" 하고
깨워준다.
기계에게 내 운명을 맡긴 채로 잠든다.

사람마다
'이상하게 잠이 잘 오는 나만의 자리'가
하나쯤 있다.
학교 뒷자리, 회사 휴게실,
강의실 구석, 차 안,

혹은 햇볕 들어오는 창가 같은 곳.

공통점은 단 하나.
완벽한 곳이 아니라는 점.
집은 너무 완벽해서
"오늘은 꼭 푹 자야 돼"라는
이상한 부담이 생기고,
밖은 불완전해서
"그냥 눈만 붙이면 된다"는
가벼움이 생긴다.

그래서 잠은 편안함보다
긴장이 풀리는 순간에
더 잘 오는지도 모른다.

진짜 숙면은
내가 나를 내려놓을 수 있는 곳에서만 가능하다.
그래도 가끔은 그 불완전한 공간들이
잠과 나 사이의 틈을
살짝 열어주는 건 사실이다.

이건 잠이 아니라 충전일뿐이야.

세상에는 두 종류의 사람이 있다.

많이 자고도 졸린 사람,

적게 자도 멀쩡한 사람.

나는 한동안 두 번째 사람이라고 믿었다.

하루 네다섯 시간만 자도

"오? 나 오늘 괜찮은데?" 싶고

낮에도 멀쩡한 척은 가능했다.

사실은 그 '척'이 문제다.

젊을 땐 이걸 능력처럼 착각했다.

"난 원래 잠이 없어."

"잠 줄이면 하루가 더 길어진다니까?"

부지런한 사람 같아서

괜히 멋있어 보일 때가 있다.

그런데 내 몸은 뒤에서 조용히

분노를 쌓으며 반박한다.

"그건 쇼트슬리퍼가 아니라 그냥 덜 잔 거야"

진짜 쇼트슬리퍼는 달랐다.

 제기랄 잠 좀 자자...

잠이 짧아도 잠을 절약해서 쓰는 사람.
수면의 양보다 패턴을 칼같이 지킨다.
항상 비슷한 시간에 자고
비슷한 시간에 일어난다.

그래서 중요한 건
내가 쇼트슬리퍼냐 아니냐가 아니다.
앞으로라도 일정한 수면을
유지할 수 있는가이다.

길게 못 자더라도
"이 시간에 자고, 이 시간에 일어나는 거야"
라는 규칙성이 꼭 필요하다.
몸은 예측 가능한 것을 좋아한다.
그게 안정이고, 그게 회복이니까.

나만의 수면 패턴을 만들기 위해
몸이 놀라지 않도록
비슷한 시간에 눕는 것부터 해본다.

잠이 부족한 평일을 보내고 나면
늘 같은 결론에 도달한다.
"주말에 몰아서 자면 되지."
이 말은 카드값 밀려놓고
"월급날에 한 번에 갚지 뭐"랑 비슷하다.

몰아서 자는 잠은 너무 달콤하다.
알람 없이 눈 뜨고,
해가 중천인데도 다시 이불을 덮는다.
"아… 이게 사람 사는 거지."
하지만 그 달콤함은 오래가지 않는다.

주말에 10시간, 12시간을 자도
평일에 못 잔 잠이 깔끔하게 정산되는 느낌은 없다.
왜냐하면 잠은 통장처럼
'저축'이 되는 게 아니라
그날그날 써야 하는 '소비'에 가깝기 때문이다.

평일에 부족했던 잠은
이미 몸에서 다 빠져나갔다.

집중력으로 새고, 기분으로 새어나갔고,
면역력으로 갚아버렸다.
그걸 주말에 "자, 여기 보너스!" 하고
한꺼번에 채워 넣을 수는 없다.

3시간 모자란 날 3시간 더 자는 건
원금만 갚은 것에 불과하다.
우린 이미 이자까지 내고 있는 중이다.

그래서 몰아서 자는 잠은 이자 붙는 빚 같다.
당장은 숨통이 트이지만
다음 주에 다시 갚아야 하는 빚.

나는 혹시 세상 누구보다
잠에 대한 빚을 많이 지고 사는 사람 아닐까?
사채 빚은 못 갚아도
수면빚은 반드시 갚아야 한다.
안 그러면 몸이 먼저 독촉한다.

잠 못 드는 밤에
조용히 쌓여가는 이름-
수면 부채(Sleep Debt).

"잠은 보약이다."
너무 많이 들어서 이제 거의
부모님 잔소리 대표 문장처럼 들리지만,
나이가 들수록 이 말이 정확하다는 걸
몸이 먼저 깨닫는다.

우리는 쉬는 시간에도 '쉬는 척'만 한다.
눈은 감았는네
생각은 칼로리처럼 계속 타오르고,
몸은 꺼진 척하면서도
백그라운드에서는 풀가동 중이다.
이건 간헐적 다이어트 한다며
간식 세 번 집어 먹고
"왜 안 빠지지?" 하는 거랑 비슷하다.

잠도 마찬가지다.
자는 시간과 깨어 있는 시간의 경계를
확실하게 끊어줘야 한다.
간헐적 다이어트의 원칙은 단순하다.
"먹을 때 먹고, 안 먹을 때는 진짜 안 먹기."

우리 몸에게도 이렇게 말해보면 된다.
"지금은 활동 타임!"
"지금은 휴식 타임! 대사 꺼둘게?"
이 신호만 분명하면 몸은 알아서 정리한다.

보약도 그렇다.
많이 먹는다고 좋은 게 아니라
제때, 제대로 먹어야 효과가 난다.
잠 역시 제때 챙기면
대단한 노력을 하지 않아도
몸은 조용히 회복 모드에 들어간다.
피로는 빠지고,
식욕은 잦아들고,
예민함은 둥글둥글해진다.

결국 "잠이 보약이다"는 말,
이건 말 그대로 부작용 없는 천연 보약이다.

그래서 요즘 나는 잠을 이렇게 본다.
"하루에 한 번 하는 가장 중요한 간헐적 휴식."
먹는 시간 조절하듯 잠도 조절할 수 있다.

자기 자신을 가장 쉽게 속이는 순간은
아마도 잠들기 직전일 것이다.

불을 끄고 누우면 오늘의 나는 이미
어딘가 실패한 기분이 든다.
'아, 결국 운동 안 했네.'
'책 보려다 또 폰을 보고 있네.'
'9시 이후 금식이라더니 왜 라면을 끓이고 있지?'

반성 타임이 끝나면 곧바로
거짓말 타임이 시작된다.
'내일은 꼭 일찍 일어나서 아침도 먹고,
조금 더 일찍 일어나면 조깅도 해볼까?'

하지만 현실은 알람 7시, 눈 뜬 건 9시.
이 반복되는 자기 기만은
나만 알고 조용히 덮어둔다.

내일은 어떻게 흘러갈까.
하고 싶은 일과 미뤄둔 것들이 또 떠오른다.

내일부터는 이런저런 걱정하지 말아야지.
누우면 아무 생각도 하지 말고 바로 자야지.

아이러니하게도 이 다짐은
다음 날 밤 다시 돌아온다.
잠들기 전 고민은 마치 무한 재생 반복 버튼 같다.

사람은 같은 실수를 반복하고,
나는 매일 반성한다.
사람 마음이란 '내일'이라는 단어 앞에서
무한히 관대해진다.

내일의 나는
오늘보다 더 부지런하고, 더 현명하고,
조금은 완벽할 거라고 믿는다.

매일 다짐이 실패해도 계속 반복하다 보면
언젠가는 하나쯤은 지켜지지 않을까.

"내일은 다르게 살 거야."
이 말은 아직 내가 나 자신에게
기대를 거두지 않았다는 증거다.

괜찮아
내일의 일은
내일의 내가
해결해 줄거야

오늘도 참
별별 생각 다 하면서 버텼다.
쓸데없는 후회, 안 해도 되는 고민.
식구들과의 아웅다웅까지.

하루를 돌아보면
늘 아쉬운 장면이 떠오르지만
그 후회와 반성 속에서
선택과 집중을 통해 조금씩
내 삶의 균형을 찾아가고 있다.

그래서 생각을 조금만 바꿔보면 좋겠다.

'오늘 좋았던 것'
'고마운 것'
'맛있었던 식사'
'반가운 사람'

아주 사소한 것들이지만
그걸 하나씩 떠올리는 순간

오늘 하루가 생각보다 괜찮아진다.
우린 늘 더 잘해야 한다는
압박 속에 살지만
사실 하루를 무사히 끝내는 것만으로도
충분히 감사할 일이다.

불평 대신 고마움을 세어보는 순간,
오늘의 나는 오늘 나름대로 잘 해냈다.
오늘을 마무리하는 작은 감사로
편안하게 마음먹으면
하루의 끝맛이 훨씬 달라져서
달콤하게 잠들 수 있을 것 같다.

작은 기쁨들을 놓치지 않아서
정말 다행이야.

잘 자,
오늘의 나에게
그리고 내일의 나는
오늘의 너에게
분명 고마워할 거야
수고했어.

ㅋㅋㅋㅣ
ㅣ

ZZZ

잠 때문에 인생에
오타를 내지 말자

읽다 지쳐
잠들기

오늘 충분히 잘 버텼고,
이제는 꿈속으로 가도 되는
당신에게 바칩니다.

이 부록은 끝까지 읽으라고
적은 글이 아닙니다.
중간에 멈춰도 되고,
기억 안 해도 괜찮습니다.
이 페이지의 목적은
이해가 아니라 휴식입니다.
천천히 읽다가 무슨 말인지 놓쳤다면
그건 실패가 아니라 성공입니다.
꿀잠 주무세요.

zzz…

오늘 하루는

특별히 기억할 만한 사건이 없었을지도 모른다.

아직 잠이 오지 않는다면 그것도 괜찮다.

잠은 약속 시간을 잘 지키는 존재가 아니다.

늦을 때도 있고, 생각보다 빨리 찾아올 때도 있다.

그냥 기다리는 시간이라고 생각해도 된다.

지금은 해야 할 역할도 없다.

엄마도 아니고, 아빠도 아니고

일하는 사람도 아니고,

누군가의 대답을 기다리는 사람도 아니다.

누워 있는 사람. 그것만으로 충분하다.

손끝이 이불 위를 스친다. 특별한 감촉은 없다.

그저 익숙한 촉감이다.

익숙하다는 건 설명하지 않아도 되는 상태다.

방 안에는 오늘 하루의 흔적이 남아 있다.

의자 위에 걸쳐진 옷,

의자는 여전히 의자이고, 책은 책이고,

책상 위 꺼진 모니터는 아무 말도 하지 않는다.

정리해도 되고, 내일로 미뤄도 된다.

커튼 끝이 아주 조금 흔들린다.

바람인지 아닌지는 모르겠다.

창문 밖 불빛이 벽에 옅게 닿았다가 천천히 밀려난다.

소파에는 아무도 앉아 있지 않다.

낮에 있었던 자리 그대로다.

테이블 위에는 정리하지 않은 것들이 조금 있다.

반쯤 비워진 컵, 쓰다만 노트.

벽도 그대로다. 천장은 아무 말이 없다.

보고 있어도 특별히 볼 것은 없다.

눈을 감았다가 다시 떠봐도 역시 볼 것은 없다.

움직이지 않는 것들이 생각보다 많다.

내일 아침에도 아마 그대로일 것이다.

지금은 아무것도 완벽할 필요가 없다.

숨을 들이쉬고 천천히 내쉰다. 조금 길게. 다시 한번.

이건 운동도 아니고 훈련도 아니다.

그냥 살아 있다는 증거 같은 것.

어쩌면 오늘 하루는 생각보다 잘 지나갔을지도 모른다.

큰일이 없었다는 건 작은 평온이 있었다는 뜻일지도 모른다.

눈을 감으면 아까 봤던 장면들이 순서 없이 떠오른다.

누군가의 말투, 잠깐 웃었던 순간, 이유 없이 멍했던 시간.

무슨 생각을 하고 있었는지 조금 전까지는 알았던 것 같다.

지금은 잘 모르겠다. 굳이 붙잡지 않아도 된다.

기억은 원래 잡으려 하면 더 멀어진다.

 제기랄 잠 좀 자자…

밤은 늘 조용한 척하면서 계속 움직이고 있다.

어두워지다가 날이 밝을 것이다.

난 지금 이 순간 해야 할 일은 없다.

생각도 잠깐 쉬어도 된다.

내일은 내일의 내가 알아서 시작할 것이다.

눈꺼풀이 조금 무겁다면 그건 좋은 신호다.

글자가 살짝 흐려진다면 더 좋다.

지금쯤이면 문장의 의미보다 리듬만 남아 있을지도 모른다.

조금만 더 가만히 있어도 된다.

잠은 다가오는 소리를 내지 않는다.

고양이는 몸을 동그랗게 말고 있다.

귀가 아주 조금 움직인다. 다시 멈춘다.

숨이 천천히 오르내린다. 꼬리 끝이 한 번 움직인다.

창밖에는 불이 켜진 집과 꺼진 집이 나란히 있었다.

어느 집에서는 아직 하루가 남아 있고,

어느 집에서는 이미 하루가 접혀 있을 것이다.

길을 건너는 사람도 있고, 건너지 않는 사람도 있다.

어딘가에서 아주 작은 소리가 난다.

냉장고일 수도 있고, 바람일 수도 있고,

비가 오고 있는지도 모른다. 그냥 밤일 수도 있다.

아파트 복도 불이 잠깐 켜졌다가 꺼진다.

누군가 지나간 것 같다. 발소리는 오래 남지 않는다.

엘리베이터는 어딘가에서 멈췄다가 다시 내려간다.

그중 어떤 소리는 기억에 남고, 어떤 소리는 남지 않았다.

집이 원래 내는 소리인지, 바깥에서 들어온 소리인지는

구분하지 않아도 된다.

시계 초침은 한 칸씩 움직인다. 빠르지도, 느리지도 않다.

시간은 지나가고 있지만 눈에 보이지 않는다.

시계는 움직이고 있지만 굳이 보지 않아도 된다.

지금은 몇 시인지 중요하지 않다.

조금 늦어도 아무 일도 생기지 않는다.

이 설명들은 모두 쓸모가 없다.

기억하지 않아도 되고, 이해하려고 하지 않아도 된다.

이 이야기에는 갈등이 없다. 해결해야 할 문제도 없다.

그래서 이 이야기는 이 상태로 잠시 더 머물러도 된다.

아무 일도 일어나지 않은 채로.

난 지금 누워 있다.

그것 말고는 딱히 하고 있는 일이 없다.

몸은 침대 위에 있고, 침대는 그냥 받쳐 주고 있다.

버티지 않아도 된다. 그냥 있으면 된다.

베개는 생각보다 조금 낮다.

머리를 올리면 천천히 가라앉고,

그 상태로 특별한 요구 없이 그대로 있다.

베개의 왼쪽 끝은 오른쪽보다 약간 더 눌려 있다.

왜 그런지는 중요하지 않다.

이불은 어깨 근처에서 멈춰 있다.

조금 더 끌어올릴 수도 있고,

지금 위치가 마음에 들 수도 있다.

이불 표면에는 작은 주름이 몇 개 있다.

펴도 되고, 펴지 않아도 된다.

방 안의 공기는 특별한 냄새가 없다.

차갑지도 뜨겁지도 않다.

낮에 있었던 냄새들은 이미 흩어졌고,

지금 남아 있는 것은 그냥 공기다.

숨을 쉬면 들어오고 나간다.

의미 없는 숫자를 세어 볼까.

하나. 오늘 무심코 숨을 길게 내쉰 순간.

딱히 이유는 없었고, 그냥 그렇게 하고 싶어서였다.

둘. 별일 없었는데도 괜히 피곤하다고 느낀 시간.

몸보다 생각이 먼저 피곤해졌던 때.

셋. 이미 잊어버린 생각들.

있었던 건 분명한데, 지금은 형태가 없다.

넷은 조금 애매하다.

세려고 했던 것 같기도 하고,
중간에 다른 생각이 끼어든 것 같기도 하다.
다섯을 세려다가 굳이 그래야 할 이유가
없다는 걸 깨닫는다.
여섯은 더더욱 필요 없다.
잠은 끝까지 세는 사람보다,
중간에 포기한 사람에게 더 빨리 온다.

눈이 조금 흐려졌다면,
그건 잘못이 아니라 자연스러운 신호다.
지금 잠들어도 된다. 조금만 눈을 감아도 된다.
완전히 자지 않아도 된다.
이 글은 끝까지 읽히지 않아도 이미 할 일을 다 했다.
이쯤에서 그만해도 충분하다.

오늘은 조금 피곤했다.
아주 많이는 아니고, 설명할 만큼도 아니지만,
분명히 조금은 피곤했다. 생각보다 많이 움직였다.
움직이지 않아도 됐을 일까지 괜히 움직인 것 같기도 하다.
생각도 했다. 지금은 기억나지 않는 생각들이다.
이제는
굳이

 ● 제기랄 잠 좀 자자…

또렷할

필요는

없고

조금

흐려져도

괜찮다

현재의 밤은 조용하다.

바깥 기온은 특별히 기억할 필요가 없다.

조금 서늘하거나, 그렇지 않을 수도 있다.

바람은 불었다가 멈춘다.

구름은 어딘가에 있지만, 굳이 확인하지 않아도 된다.

내일의 날씨는 아직 모른다. 모른 채로 두어도 문제없다.

지금은 밤이다.

눈을 감았다가 다시 뜬다.

조금 시간이 흐른 것 같은데 아마 아닐 수도 있다.

조금 전과 지금 사이에는 아마 아무 일도 없었을 것이다.

다시 감는다.

비슷하다.

또 비슷하다.

지금은 몇 번째인지 세지 않아도 된다.

조금 더 편해진 것 같기도 하고 아닌 것 같기도 하다.

확실하지 않다. 확실하지 않은 상태는 생각보다 편하다.

굳이 판단하지 않아도 된다.

이 문장을 기억하지 못해도 괜찮다.

사실, 바로 앞 문장도 정확히 기억하지 않아도 된다.

이 페이지를 덮어도 괜찮고,

책갈피를 끼우지 않아도 괜찮다.

책이 손에서 조금 미끄러져 내려가도 괜찮다.

침대 옆으로 떨어지거나,

가슴 위에 그대로 놓여 있어도 괜찮다.

지금 눈을 감아도 되고, 조금 더 뜨고 있어도 된다.

잠이 와도 괜찮고, 아직 오지 않아도 괜찮다.

어깨가 조금 내려간다. 턱도 조금 느슨해진다.

이제는 문장보다 여백이 더 편할지도 모른다.

여백은 아무것도 요구하지 않는다.

조용히.

천천히.

읽지 않아도 된다.

문장이

조금

느려진다.

단어 사이가

 •— 제기랄 잠 좀 자자...

조금
멀어진다.
괜찮다.
조금
천천히 가도
된다.
눈이
조금
무거워지고
생각은
조금
느려지고
그대로
괜찮다.
지금은
아무것도
하지
않아도
된다.

잘 자,
오늘의 나.

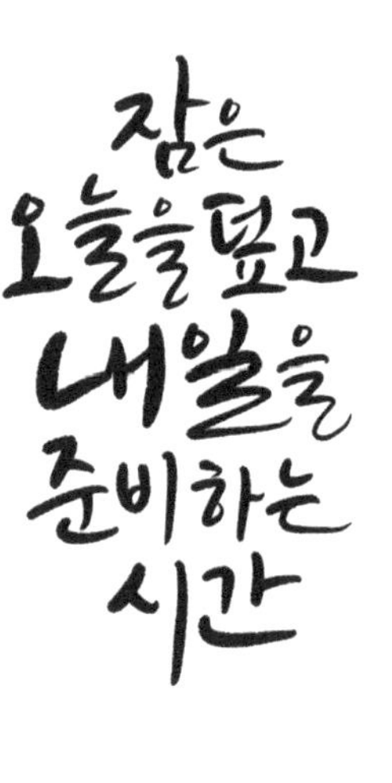

잠은
오늘을 덮고
내일을
준비하는
시간

지구 소환행 시리즈 E

- 벼락 논술로 대학 가기 3가지 솔루션

지구 소환행 시리즈 I

- 하루 5분 글쓰기 챌린지

지구 소확행 시리즈 Z (Zzz...)

제기랄 잠 좀 자자...

1쇄 발행 2026년 1월 30일
지은이 윤서영
펴낸이 김영경
펴낸곳 쑬딴스북
표지 디자인 이지선
인디자인 인지예

출판등록 제2021-000088호(2021년 6월 22일)
주소 경기도 파주시 탄현면 헤이리마을길 82-91 B동 202호
이메일 fuha22@naver.com

ISBN 979-11-94047-36-0